너는 좋은 사람이라
더 아팠나 보다

너는 좋은 사람이라
더 아팠나 보다

맺음 에세이

당신의 아름다운 웃음 뒤에는 어떤 아픔이 숨어 있나요.

힘들어도 엄살 한번 부리지 않고 씩씩하게 버텨 왔을 테죠. 아픈 마음을 추스르기도 전에 다른 누군가를 먼저 안아주며 살아왔을 테죠. 당신은 그렇게 따뜻한 사람이라, 남몰래 눈물 삼키는 날이 많았을 겁니다. 스스로 상처를 꿰매는 방법을 수도 없이 연구하며, 아무렇지 않은 척 웃으며 괜찮다고 말하는 연습을 수도 없이 했을 겁니다. 당신의 그런 노력 덕분에, 당신의 속이 까맣게 멍들어 있다는 건 아무도 모르겠지요.

이 책은 그런 당신을 위해 쓰였습니다.

타인의 마음을 돌보는 데는 익숙하지만, 자신의 마음을 돌보는 데는 미숙한 우리를 위해 적었습니다.

그저 남들처럼 평범하게 살고 싶을 뿐인데, 왜 인간관계도 일도 사랑도 어려운지 도무지 이해할 수 없는 우리를 생각하며, 삶에서 느낀 고민과 슬픔, 희망과 위로를 솔직하게 담아보았습니다.

유독 고단했던 하루 끝에 쉽게 펼쳐 편하게 읽을 수 있는 책으로 당신의 책장 한켠에 머무르기를 바랍니다. 무심코 펼친 페이지에 적힌 짤막한 글이 당신의 지친 마음을 아주 잠시나마 안아줄 수 있다면, 그걸로 충분합니다.

저는 언제나 마음의 병을 고치는 의사가 아닌, 같은 마음의 병을 앓고 있는 친구가 되기를 소망합니다.

오늘도 어딘가에서 잠 못 이루고 있을 고단한 당신께 보낼 글을 적습니다.

맺음 (이도훈)

차례

우울함과 불안함을 끌어안고 사는 파랑이지만
다른 이에게는 항상 따뜻한 빨강이어서
자주 아플 너의 자주색 밤에게

제1장

존재만으로 빛나는 사람

우리만의 위로

착하게 살기보다
이기적으로 사는 게 더 편하다지만
저는 이기적으로 사는 게 더 어렵습니다.

나부터 챙기려고 하면
마음 한편이 불편해서
오히려 더 힘들다면

우리끼리 그냥
바보로 살아가는 건 어떨까요.

너는 좋은 사람이라 더 아팠나 보다

바보로 살다 힘들면

바보끼리 이야기하고 털어버리면서.

바보끼리 서로 위로하면서.

그냥 그렇게 살아 내요, 우리.

익숙함에 속아 소중함을 잃지 말 것

익숙함에 속아 '나'의 소중함을 잃지 말기로 해요.

익숙함에 속아
상대의 소중함을 잃지 않는 것도 중요하지만,
더 중요한 건 당신의 소중함을 잃지 않는 것입니다.

익숙한 장소니까,
익숙한 사람이니까,
익숙한 방식이니까.

그렇게 익숙함으로 포장된
괴로움을 견디고 있다면 기억하세요.

너는 좋은 사람이라 더 아팠나 보다

당신은 모든 것을 참아야 하는 사람이 아니라는 것을.
마땅히 사랑받고 존중받아야 할 소중한 존재라는 것을.

부디 익숙함에 속아
자신의 소중함을 잃어가며
마음 다치지 않았으면 좋겠습니다.

익숙하게 당신을 괴롭히는 것들에서 벗어나
당신을 사랑해주고 존중해주는 사람들에게만
마음 주며 살아가기를 바라요.

별

삶이 이다지도 어두웠다가 밝았다가 반복하는 까닭은
당신이 반짝이고 있기 때문이다.

삶은 계속 밝지만은 않고,
계속 어둡지만도 않다.

어두운 순간이 오면 무기력함에 빠져
평생 빛을 내지 못할 것만 같다가도,
어느새 다시 밝은 모습이 되어 있었다.

이러한 과정이 무한히 반복되는 것이 삶인가 보다.
그러니 어두운 순간이 오면 떠올려보자.
우리는 잠시 어두울 뿐이라는 것을.
지금까지 그랬듯 언젠가는 밝아지리라는 것을.

너는 좋은 사람이라 더 아팠나 보다

가지고 태어난 이름 이외에

어떠한 수식어도 필요 없는

소중하고 아름다운 그대야,

함께 반짝이자.

잘 버텨온 너에게

너는 충분히 했어.
여기까지 온 것도 대단한 거야.
씩씩하게 티 내지 않고서
그동안 잘 버텨온 거야.

지금까지 그래왔듯
앞으로도 잘 버텨가겠지만
아무리 시간이 약이래도
그 시간이 아프지 않은 건 아닐 거야.

그럴 때 나를 찾아줘.

너는 좋은 사람이라 더 아팠나 보다

내가 작은 별이 되어

붉은 너의 따뜻한 마음과

푸른 너의 슬픔이 서로를 안은

너의 자주색 밤하늘에 있을게.

서로 다른 곳에서 울어도

같은 별을 보며 그칠 수 있도록.

못 같은 인생

매일 너는 너를 달래며
잘 살아가려고 다짐하지만
세상은 어김없이 너를 두드리고 무너뜨리려 한다.

그럼에도 너는 물기가 마른 모래성처럼
아슬아슬하게 버티기만 하고 있다.

무너지는 일은 분명 두렵지만
언젠가는 무너져야 할 때가 온다.

오늘이 그날이었나 보다.

그래, 무너져 내리자.

무너지고 나면 비로소
무엇을 붙잡고 다시 일어서야 할지
알 수 있을 테니까.

다시 못 일어날까 걱정은 하지 않는다.
분명 다시 일어설 수 있다.

인생은 못 같은 것이라
두드려 맞을수록 더 단단해지는 법이다.

실컷 맞고 단단해진 못이 되면
그때 다시 사랑도 꿈도 걸어놓으면 돼.

넘어지자, 무너지자, 주저앉자.
대신 다시 일어설 때
세상에 주먹 한 방 꽂자.

뜨거운 계절

뜨겁게 사느라 더울지는 몰라도
더 울지는 말기로 해요.

모든 사람에게 진심으로 대했기에
상처받은 마음도 진심으로 아팠던 거예요.

꿈을 위해 전속력으로 달렸기에
더 자주, 더 세게 넘어졌던 거예요.

마음에 비가 자주 내리고
눈가가 자주 습해지는 건

너는 좋은 사람이라 더 아팠나 보다

지금이 당신의 삶에서
가장 뜨거운 계절이기 때문입니다.

포기하지 말고 끝까지 나아가요.

당신의 뜨거운 여름은
무엇이든 피울 수 있는 계절입니다.

귀한 것

오늘과 내일 중 언제가 더 귀한가요.
건강과 돈 중 무엇이 더 귀한가요.
나와 타인 중 누가 더 귀한가요.

왜 우리는 덜 귀한 것을 위해
더 귀한 것들을 갈아 넣고 있을까요.

내일 더 웃자고 오늘 울지는 말기로 해요.
더 벌자고 더 아프지는 말기로 해요.
상대방 생각해주는 것처럼 나도 생각해주기로 해요.

우리, 더 귀한 것을 위해 살기로 해요.

너는 좋은 사람이라 더 아팠나 보다

◦ 오늘

인생은 지루하기만 하고
무난히 흘러가는 하루가 의미 없이 느껴질 땐
평범한 일상의 소중함을 기억하기로 해요.

평범한 오늘을 맞이하기 위해
그대, 평범하지 않게 노력해왔잖아요.

힘들고 고단했던 그 시절
당신이 그토록 갈망했던
평범한 오늘의 소중함을 잊지 말아요.

아침 해가 밝았다고
우리의 밤을 비추다 저물어 간
달빛을 잊지 않기로 해요.

°책임감

책임감이 많다는 건
지킬 것이 많다는 것.

지킬 것이 많다는 건
주위에 아름다운 것이 많다는 것.

주위에 아름다운 것이 많다는 건
내가 아름다운 사람이라는 것.

내가 아름다운 사람이라는 건
내가 소중한 사람이라는 것.

너는 좋은 사람이라 더 아팠나 보다

내가 소중한 사람이라는 건
내가 나를 사랑한다는 것.

내가 나를 사랑한다는 건
내가 행복하길 바란다는 것.

내가 행복하길 바란다는 건
내 주위가 행복하길 바란다는 것.

나를 사랑하는 만큼 짊어진 책임감.
다가올 행복의 무게만큼 무거울
아침의 눈꺼풀을 응원합니다.

평범할수록 아름다운 주말

특별하려고 애쓰지 않아도 괜찮아.
평범할수록 아름다운 것들도 많으니까
우리의 주말처럼.

침대에서 일어나 푹신한 슬리퍼를 신고
연하게 내린 아메리카노를 홀짝이고
우리 고양이 잘 잤어?
안부를 물어볼까.

당근을 뺀 샌드위치를 한 입 베어 물고
온기가 남아 있는 컵을 쥐고서
의자에 앉아 잠시 생각에 잠겨 볼까.

너는 좋은 사람이라 더 아팠나 보다

부드러운 아침 햇살이 손과 얼굴을 감싸고
겨울 냄새가 창문 사이를 비집고 들어와

일상의 공기가 부스스한 나를 반기는
평범할수록 아름다운 나의 주말.

떨림

바이올린 줄의 떨림이
아름다운 선율을 만들어 내듯

당신 심장의 떨림은
아름다운 꿈과 사랑을 만들어 낸다.

가끔은 많은 생각 말고
심장이 지휘하는 대로 맡겨 보자.

분명 당신의 삶은
가장 아름다운 연주가 될 것이다.

너는 좋은 사람이라 더 아팠나 보다

○ 독

주변 사람들이 밑 빠진 독에 물붓기래.
그들이 알 턱이 있나.

독을 채우는 것이 아니라
거대한 강을 만들고 있음을.

누군가 무시할수록 독을 품고
꾸준히 나만의 강을 만들어 가자.

그들은 지금 알 턱이 없겠지만
나중에는 놀라 턱이 빠질 테니.

마음먹기

인생이라는 마라톤에서
모든 일은 마음먹기에 달렸으니
마음은 달리는 데 필요한 연료이겠지.

그러니 힘껏 달리다 힘이 달릴 때면
바톤은 잠시 내려두고 주저앉아
마음이 지치지 않도록 아껴주길 바라.

다시금 마음을 다지고 주먹을 다져.
훌훌 털고 일어나 앞으로 걷자.

어제보다 나은 내일은 바라지 않아도
어제보다 못한 내일은 되지 않도록.

너는 좋은 사람이라 더 아팠나 보다

가위바위보

상대방이 바위를 내면

당신은 보를 내세요.

그리고 그 펼친 손으로

주먹을 따뜻하게 감싸주세요.

광활한 하늘이 해와 달을 품고

드넓은 바다가 수많은 생물을 품듯이요.

○ 꿈의 가치

"누구나 알 수 있는 유명한 사람이 되고 싶다."
"서른 전에 1억을 모으고 싶다."

이런 문장들은 꿈이 될 수 없다고
믿던 때가 있었다.

꿈은 숭고한 것이기에
세속적인 욕심이 섞이면 안 된다고 믿었고
나는 그렇게 꿈을 점점 꾸며내고 있었다.

거짓이 섞일수록 꿈은 점점 모호해졌고
다만 영롱하게 반짝일 뿐인
화려하고 의미 없는 별이 되어 갔다.

꿈은 단순히 돈을 많이 버는 것이

너는 좋은 사람이라 더 아팠나 보다

되어서는 안 된다고 들었으나,
가난에 힘들어 본 사람에게
그건 누구보다 소중한 꿈이다.

꿈에는 정답이 없다.
아침에 눈을 떴을 때
몸을 일으키게 하는 것이라면
그 무엇이라도 꿈이 될 수 있다.
감히 누가 꿈의 가치를 재단할 수 있을까.

당신의 꿈이 진심이라면 그 자체로 가치 있다.

그러니 꿈을 크게 가지자.
저 멀리 있어 닿을 수 없을 것 같아도 괜찮다.

꿈이 멀리 있을수록
그 꿈을 좇다 보면
나 또한 그만큼 멀리 가 있을 테니.

무지개

하늘을 동경했다.

하나의 이름이 여러 가지 색을 품을 수 있어서.

무지개를 동경했다.

여러 가지 색이 한 가지 색이 될 수 있어서.

너는 좋은 사람이라 더 아팠나 보다

적당한 일교차

봄밤이야.

꽃의 향기를 훔친 초록색 바람이 얼굴에 닿으면
잔가지 같은 마음이 간지럽게 흔들려.
왠지 밤하늘 별들이 벚꽃처럼 쏟아질 것만 같아.

강아지 짖는 소리, 아이들 웃음소리에
잠들었던 어릴 적 기억이 봄비처럼 내려와
치열했던 삶의 온도를 식혀주곤 해.

봄의 낮과 밤, 일상과 쉼.

우리에게 필요한 건 적당한 일교차였음을 알게 해.

억지

그대야 억지로 밝아지려 말아라.

별은 언제나 하늘에 있지만
빛이 가득한 곳에서는 보이지 않는다.

어둠이 드리우고 나서야 그들은 빛을 발했고
너는 비로소 하늘의 공백과 별을 구분할 수 있었다.

우리의 삶 역시 마찬가지다.

우리는 삶이 어두울 때 비로소
빛나는 것들을 알아볼 수 있는 혜안을 얻는다.

너는 좋은 사람이라 더 아팠나 보다

그러니 우리,

얼마 남지 않은 연료를 태워

억지로 삶을 밝히지는 말자.

어둠 속에서 발견한

별을 쫓는 데 쓰자.

쉼일까 즐거움일까

오늘 정말 힘들었다.
일찍 집에 가서 아무것도 안 하고 푹 쉬어야지.

오늘은 꼭 일찍 잠들어야지.
나에겐 쉼이 부족했으니까.

그런데 아이러니하게도 집에만 들어서면
나만의 즐거움을 찾아 시간을 보내기 시작한다.

게임이든 영화든 무엇이든
즐거움을 놓지 못하는 나의 시계는
어느새 12시를 훌쩍 넘기고
오늘도 나는 지키지 못할 계획을 세운다.

12시 30분까지만 보다가 자야지.
1시까지만 보다가 자야지.

그렇게 30분씩 늘어가는 나의 계획.
오늘도 새벽이 깊어서야 잠에 든다.

하루 끝 나에게 필요했던 건
일상의 쉼이었을까
일상의 즐거움이었을까.

제2장

―――

잠시 쉬어 가도 괜찮아

선글라스

지금 너의 세상은 잠깐 어두울 거야.
앞도 잘 보이지 않을 거야.

그렇기에 넌
두 눈을 부릅뜨고
세상을 마주할 수 있어.

너는 좋은 사람이라 더 아팠나 보다

나에게도 좋은 사람이어야지

내 마음인데 내 마음대로 되지 않으니
내 마음은 내가 아닌가 보다.

나는 내게는 못되게 대했어도
다른 사람들에게는 좋은 사람이었으니
이제는 내 마음에게도 좋은 사람이어야지.

다른 사람을 향해 해주던 따뜻한 말.
다른 사람을 향해 배려해주던 따뜻한 마음.
내 안에 사는 또 다른 나에게도 그렇게 대해줘야지.

성장통

더 치열하게 아파야겠지.
이 통증이 영구치의 부식이 아닌
젖니의 발치에서 오는 것이라면.

더 슬프게 울어야겠지.
이 눈물이 지난날에 대한 후회가 아닌
앞으로의 다짐에서 오는 것이라면.

더 마음 졸여야겠지.
이 불안이 불확실한 관계에서 오는 것이 아닌
불확실한 미래에서 오는 것이라면.

너는 좋은 사람이라 더 아팠나 보다

○ 잘못

잘 못 살아왔을 수는 있어도
잘못 살아오지는 않은 거야.

못난 사람이 되면 되었지,
모난 사람이 되어
못되게 살지는 않았으니까.

○ 두부

모든 사람에게 사랑받을 수 없다는 걸
머리로는 알고 있지만
누군가에게 미움받는다는 느낌이 들면
마음은 속절없이 부서진다.

인간관계에 문제가 생기면 밥도 잘 못 먹고
심장을 누가 쥐고 있는 것처럼 저리고 아프다.

상대의 잘못에 참다 참다 화를 내면서도
그의 반응과 마음이 걱정스러워 전전긍긍한다.

두부처럼 쉽게 부서지는 내 마음이 싫어
매일 단단해지기로 다짐하지만
두부가 단단해져봤자 얼마나 단단해질까.

너는 좋은 사람이라 더 아팠나 보다

그래도 괜찮다.
두부 같은 마음이라도 좋다.

쉽게 부서지는 만큼
또 쉽게 뭉치는 마음이라
언제 그랬냐는 듯 회복되니까.

불안에서 피어나는 꽃

타오르는 불 안에서 불꽃이 피어나듯
마음이 불안할 땐 불꽃을 피우리라.

마음에 불안이라는 불씨를 심었으니
꺼지지 않도록 매초를 태우리라.

우리가 불안을 느끼는 건
더 행복한 미래를 갈구하기 때문이다.

우리의 불안이 잦다는 건
소중한 미래에 더 완벽하게 대비하고 싶기 때문이다.

너는 좋은 사람이라 더 아팠나 보다

그러니 불안할 땐

매 순간 최선을 다해

마음의 불꽃을 태우자.

최선의 오늘은

최선의 내일을 데려올 테니까.

불안에서 피어나는 불꽃이야말로

가장 아름다운 내일로 결실 맺는 거니까.

인연

살면서 많은 사람들을 만나 왔을 테고
많은 사람들과 이별을 겪었을 테다.

앞으로도 새로운 사람들을 만나
연을 맺으며 살아갈 테다.

연은 원래 얇은 실로 이어진 것이라
언제라도 끊어져 날아갈 수 있다.

그러니 풀어내려 해도 꼬이기만 하는 관계는
더 엉키기 전에 놓아주어도 괜찮다.

연을 끊은 자리엔
또 다른 연이 찾아와
매듭 지어질 테니까.

너는 좋은 사람이라 더 아팠나 보다

모순덩어리

혼자 있고 싶은데 외로운 건 싫습니다.

겨울은 좋은데 추운 건 싫습니다.
잠에 들고 싶은데 눈을 감긴 싫습니다.
연락을 먼저 하지는 않지만
연락이 먼저 오기를 기다립니다.

모순덩어리인 나는 어쩌면
혼자여서 외로웠던 것이 아닌
외로워서 혼자가 되었나 봅니다.

상한 마음

상한 음식을 먹으면 체하듯
상한 기분을 삼키면 마음도 체한다.

상한 기분은 마음에 얹혀 병이 되니
소화되지 않을 땐 미련 없이 뱉어 냈으면 좋겠다.

내가 상대의 기분을 존중하는 만큼
상대도 나의 기분을 존중해주어야 한다.

상대는 나를 무례하게 대하는데
나만 상대를 배려하고 존중해줄 필요는 없다.
상대의 무례함에 마음의 한계가 왔을 땐
상한 기분을 솔직하게 뱉어 내도 괜찮다.

상한 기분을 억지로 삼켜 내다 보면
우리의 마음까지 상하고 마니까.

마음의 냉장고에
무례함마저 칸칸이 보관하느라
애써 차가운 당신이 되지는 말자.

이제는 고개 떳떳이 들고
나는 당신의 무례를
참지 않을 것임을 표현하자.

세상에서 가장 소중한 나의 마음에게
상처 주지 않기 위해서.

제3장

할 수 있어, 분명히

잡히지 않는 꿈

눈꺼풀이 피곤한 몸을 포근히 덮어주는 밤
꿈은 이따금씩 나를 찾아오곤 했다.

이름도 모르는 그를 지독히도 사랑하여
잡힐 듯 잡히지 않는 그를 쫓다가 문득

그가 멀리 달아난 만큼
나도 멀리 따라가 있었음을 깨달았다.

잡으려 해도 잡히지 않는 것들은
나를 제자리에 머물게 하지만.

잡히지 않는 꿈만은
나를 앞으로 나아가게 하더라.

페이지

다음 페이지로 넘어가려면
이전 페이지를 덮어야 한다.

그러니 미련이 남는 과거엔 책갈피 하나 꽂고
과감하게 페이지를 넘기자.

아직 반 페이지도 읽지 않았는데
결말을 알 수 있을 리 없다.

그러니 모든 페이지를 넘길 때까지
꿈을 절대 포기하지 말자.

마지막 남은 한 페이지에서
어떤 결말이 기다리고 있을지
우리는 알 수 없으니.

할 수 있어, 분명히

길

길을 잃고 헤매일 때는 알지 못했다.
내게 갈 길이 있기에 길을 잃는 것도 가능했음을.

길을 찾다보니 두 가지 확신이 들었다.

하나, 길을 잃었다는 건
내게 갈 길이 있다는 것.

둘, 길을 잃었음을 안다는 건
나에게 목적지가 존재한다는 것.

당신이 걷고 있는 길은
오직 당신만이 걷고 있는 길이다.
그리고 오직 당신만의 목적지로 향하는 길이다.

누군가는 당신보다 빠르게 걸을 수도,
엄청난 속도로 뛰어갈 수도.
어쩌면 출발 지점조차 앞서 있을 수 있다.

하지만 당신에게 목적지가 분명하다면
당신의 길에서는 쉬어가도, 느리게 가도 괜찮다.

우리는 모두 다른 길을 걷기에
나와 남을 비교하며
자신을 힘들게는 하지 않았으면 좋겠다.

언제 도착하느냐보다 중요한 건
당신의 목적지에 도착했느냐이니까.

수평선

하늘과 바다는
영영 닿을 수 없는 줄 알았는데

눈을 들어 멀리 내다보니
하늘과 바다가 만나는 수평선이 보였다.

삶은 파도처럼 몰아치고
꿈은 하늘 높은 곳에서 빛나고 있지만

오늘도 고개를 꿋꿋이 들고
바다의 끝을 바라본다.

저 수평선처럼 언젠가
그들도 닿을 수 있으리라 믿으면서.

너는 좋은 사람이라 더 아팠나 보다

시와 도 사이

한 음 올라가려면
시에서 도가 되어야지.

시와 시 사이에만 머무르면
같은 음만 반복될 뿐이잖아.

그래, 시간보다는 시도가 부족했던 거야.

밤의 해바라기

밤이 되어도 해바라기가
고개를 숙이지 않는 이유는

내일도 같은 자리에
해가 뜨리라는 믿음 때문이겠죠.

우리네 인생도 그렇게 살아요.
밤의 해바라기처럼.

자서전

인생을 책으로 쓴다면
사랑은 시로 쓰고
우정은 동화로 쓰며
꿈은 소설로 시작하여
수필로 끝내리라.

행복을 내일로 미루지 말 것

내일 할 일을 오늘로 미루지 말기.
오늘 쉴 일을 내일로 미루지 말기.

내일의 불행을 오늘로 미루지 말기.
오늘의 행복을 내일로 미루지 말기.

오늘 하루 꼭 행복해지려고 애쓰기.
오늘의 끝은 곧 내일의 시작이니.

너는 좋은 사람이라 더 아팠나 보다

⚬가끔

멀리 돌아가더라도
다시 돌아가지는 말 것.

다시 돌아보더라도
멀리 돌아보지는 말 것.

해 보지 않고 피는 꽃은 없다

해 보지 않고 피는 꽃은 없듯

해보지 않고서는 절대 알 수 없다.

내 안의 씨앗이 어떤 꽃으로 피어날지.

생각은 씨앗이고 행동은 햇살이다.

어떤 씨앗도 해 보지 않고는 피어날 수 없듯

우리 안의 생각들도 행동하지 않으면 결과가 될 수 없다.

그러니 해볼 수 있는 건 다 해보자.

우리 모두 언젠가는 멋진 꽃을 피워 낸다.

다만 피어나는 꽃의 종류와

개화의 시기가 다를 뿐이다.

너는 좋은 사람이라 더 아팠나 보다

조급해하지 말고

찬란한 해를 바라보고 서서

꾸준히 물을 주다 보면

삶은 점점 향기로워질 것이다.

생화

잠깐 피었다 지더라도
생화를 피워 낼 것.

향기가 좋다며 찾아오는 나비들을
진심으로 아껴주며 살아갈 것.

잠깐 피었다 지더라도
나는 나였으면 좋겠다.

잘 만든 조화는
어디에든 잘 어울리고
그 생명도 영원하지만
자신만의 향기가 없다.

너는 좋은 사람이라 더 아팠나 보다

이처럼 주변 사람들과의 조화만 좇다
나를 잃어버리지는 않았으면 좋겠다.

나라는 존재를 부정하면서까지
모든 사람들과 조화로울 필요는 없다.

진짜 나를 피워 냈을 때
내 향기가 싫다는 사람은
미련 없이 보내도 괜찮다.

분명 내 향기가 좋다며
나를 찾아오는 나비들이 있다.
그들을 아끼고 사랑하며 살아가면 된다.

당신과 나는 조화가 아닌
향기로운 생화였으면 좋겠다.

초심

초의 심지만 남아있다면
초가 모두 녹아내릴 때까지
불씨가 꺼지지 않듯

내게 초심만 남아있다면
온몸이 모두 녹아내릴 때까지
불씨는 꺼지지 않으리.

○
입과 잎

잎과 입 모두
한 마디, 마디가
중요하다.

싫고 좋은 데 이유가 있나요

가는 사람 붙잡지 말고
오는 사람은 힘껏 안아주자.

당근을 싫어하는 사람이
당근을 싫어하는 데에는 큰 이유가 없다.
그냥 당근이 싫을 뿐이지 당근이 잘못된 것은 아니다.

인간관계도 똑같다.
별 이유 없이 나를 싫어하는 사람이 참 많다.

하지만 그들이 싫어한다고 해서
내가 잘못된 사람인 게 아니며
나를 떠나간다고 해서 이상한 일도 아니다.
그런 사람들은 내가 무슨 짓을 해도 떠나가게 되어 있다.

너는 좋은 사람이라 더 아팠나 보다

다행히도 세상에는 별 이유 없이
나를 좋아하는 사람도 있어
우리는 행복하게 살아갈 수 있다.

그러니 가는 사람을 붙잡는 대신
내게 오는 사람을 막지 말고
나아가 그들을 따뜻하게 안아주자.

인생을 살아가며 관계에 상처받을 때
그들은 나의 아픔을 치유하는
가장 중요한 열쇠가 되기 때문이다.

어떤 구실이든 좋으니
나를 좋아하는 이들에게 고마움을 표현하자.

그들은 내가 건넨 따뜻한 말에 그들만의 온기를 실어
더 다정해진 온도로 나에게 돌려줄 것이다.

마음의 표현

행동은 표현되는 것.
말은 표현하는 것.

관심이 있으면 행동은 자연스럽게 표현된다.

보고 싶은 마음이 있다면
아무리 피곤해도 보러 가고,
정신없이 바빠도 꼭 연락하고,
맛있는 것을 함께 먹고,
행복한 시간을 함께한다.

관심이 있어도 말은 자연스럽게 표현되지 않는다.

네가 너무 보고 싶어서 왔어. 오늘 하루는 어땠어?
네 하루가 궁금해. 오늘따라 너 예쁘더라.

너는 좋은 사람이라 더 아팠나 보다

마음속에 별같이 예쁜 생각을 떠올려도
쑥스러워서 생각을 말로 꺼내지 못할 수 있다.

그러니 상대에게 사랑의 말을 바라는 것과
사랑의 행동을 바라는 것은 다르다.

말이 없는 건 표현이 부족한 것이지만
행동이 없는 건 표현할 마음이 없다는 것이니까.

상대에게 사랑의 말을 바라는 관계는 괜찮다.
더 달콤히 사랑받고 싶을 뿐이니까.

하지만 상대에게 사랑의 행동을 바라는 관계라면
그 관계에 정말 사랑이 있는지 다시 생각해보자.

완벽

뭐든지 완벽해야 한다는 마음에
스스로를 가두는 대신
완벽하게 망가지는 게 필요했다.

도미노처럼 위태롭게 서 있는 대신
내가 나를 쓰러뜨리는 게 필요했다.

나는 나를 새로 지어야 했다.

쓰던 노트를 버리고
새 노트에 새 다짐들을 적어 내려가야 했다.

마음에 들지 않는 그림을
사랑하려고 애쓰기보다는
새 그림을 그릴 도화지를 사야 했다.

너는 좋은 사람이라 더 아팠나 보다

번데기에서 나비로,

알에서 병아리로,

씨앗에서 꽃으로.

나는 달라지기로 했다.

더 사랑스러운 나로,

이런 나조차 나를 사랑할 수 밖에 없는 나로.

제4장

사랑이 시작되는 순간

물수제비

잔잔한 내 마음
그대 던진 눈길에
나 몇 번은 튕길 줄 알았는데
첫 눈맞춤에 그대로 빠져버렸습니다.

너는 좋은 사람이라 더 아팠나 보다

아메리카노

그댈 마주할 때면 편안하지만
헤어지고 나면 밤잠 이루지 못해요.

그대 그렇게 깊은 사람이라
세상 달콤한 말이 모조리 어울리나 봅니다.

주식

그대 한 주를 살 수 있다면
나를 전부 투자하겠습니다.

사랑하는 마음이야
매일 달에게 빌리면 되니까요.

담

무엇인가를 담기 위해서는
담을 용기가 필요합니다.

다만 사랑하는 사람을 담기 위해서는
담을 넘을 용기가 필요합니다.

°불면증

내게 오지 않는 넌
깊은 새벽의 잠 같아.

더 있고 싶을수록 멀어지는 넌
마치 이 밤의 끝자락 같아.

너는 좋은 사람이라 더 아팠나 보다

신호등

네가 바다처럼 푸르게 웃으면
그 미소를 향해 걸었고

네 하루가 노랗게 저물면
그 주위를 서성이다가

네 눈시울이 붉게 물들 때마다
그 앞에 멈춰 서 있곤 했다.

침몰

쇠로 뒤덮인 무거운 배도
바다 위를 유유히 떠다니는데

왜 그대가 가볍게 보인 미소는
내 마음속에 이렇게 깊이 가라앉는가요.

체증

사랑은 급체처럼 찾아오는 것이었다.

엄지손가락에 바늘을 찔러 넣을
용기 정도는 있어야
그 황홀함도 소화 시킬 수 있었다.

양치기의 거짓말

늑대가 나타났다고
세 번 나를 속여도
네 번째 그대 목소리 들리면
나는 무작정 달려가렵니다.

너는 좋은 사람이라 더 아팠나 보다

첫사랑

첫사랑은 처음 연애한 사람일까요.
첫사랑은 처음 제대로 마음을 준 사람일까요.

첫사랑에 대하여
다양한 의견이 오가지만

사실 첫사랑이란
내가 그렇게 부르고 싶은
'그 사랑'이지 않을까요?

어찌할까요

제 마음을 어찌할까요.
우리 사랑은 억지일까요.

그대 마음은 어찌 알까요.
달님에게 여쭤볼까요.

너는 좋은 사람이라 더 아팠나 보다

사랑은 시로 쓰고

시는 함축적이에요.
사랑도 마찬가지.

사랑은 사랑이란 단어만으로 표현할 수 없는
무궁무진한 감정의 교집합입니다.

누군가에게 익숙하게 받고 있어
미처 헤아리지 못했던
사랑의 숨겨진 의미를 발견한다면
사랑을 더 깊게 느낄 수 있어요.

당연한 것들을 당연하게 여기지 않는 순간
더 깊은 사랑이 다가옵니다.

바람에게 소원을 빌었다

달 가운데 바라보며 두 손을 모으니
뺨을 스치는 바람이 몹시도 달갑다.

너 어디서 다가온 바람인지는 몰라도
이 마음 한 조각만 꼭 가져다주라.

그 애 뺨에 한 번만 스쳐 지나가 주라.

너는 좋은 사람이라 더 아팠나 보다

레드와인

넌 내게 술을 따랐고 난 그저 분위기에 따랐고
술에 취한 순간 넌 내 마음을 취했고
아른거리는 네 잔상은 계속해서 내 잔을 채웠고
넌 마치 마술 같았고 난 마비되었고
곧 삶을 마쳐도 좋겠다고 생각했고
그냥 네게 미칠 것 같았어.

그날 넌 내 삶에 가장 큰 영향을 미쳤지.
이제보니 취했던 건 술이 아니라 네 향이었나.
넌 정확히 내 취향이었으니.

담소나무

말은 씨가 되니까
나는 솔방울을 뱉어
소나무 한 그루를 심겠습니다.

그대 생각 미어터져 송진이 흐르고
비로소 진솔한 마음이 은은한 솔향을 내면

솔솔 부는 바람에 싣고
그대의 귀에 찾아갈게요.

°봄에게

너는 봄, 나는 여름 같았다.

봄이 무르익으며 여름을 향해 가는 것처럼
너는 늘 나를 향해 와주었는데
나는 너에게 다가간 적이 없구나.

그러니 우리 사계절은 여름으로 시작하자.
여름인 내가 가을과 겨울을 넘어
너를 와락 껴안으러 달려갈 테니.

분위기

네 분위기에 반했다.

오직 너만의 분위기가 있다고,
그 분위기에 반했다고 하면 너는 믿어줄까.

추운 겨울을 따뜻하게 만들어주는
크리스마스의 달뜬 분위기처럼
너만의 분위기가 내 마음을
따뜻하게 만들어준다는 것을.

레몬을 닮은 눈웃음,
방금 샤워하고 나온 듯한 미소,
비 맞은 듯 아련한 머리카락,
퇴근길에 듣는 노래 같은 다정한 목소리.

비 오는 날 집에서 창가에 앉아
밖을 내다보는 것처럼

시끄러운 세상을 달리는
버스 차창을 내다보는 것처럼

아, 아늑하기도 해라.

서투른 첫 만남

널 처음 스쳤을 때
나는 바톤을 놓친 계주선수처럼
뒤를 돌아보지 않을 수 없었지.

괄호 안에 가둬둔 사랑의 말은
제멋대로 고삐가 풀려 너에게 도달했고

그날 흘린 땀으로 말하자면
나는 바다도 만들 수 있었다고.

너는 좋은 사람이라 더 아팠나 보다

별똥별

사랑하는 데에는 당신이라는 이유 말고
다른 이유가 없는 것이라지만

가만스레 당신을 사랑하는 이유를 생각하자니
수천 수만 개의 문장이 별똥별처럼
마음에 곤두박질합니다.

아마 내가 당신도 사랑하고
당신의 전부도 사랑하기 때문이겠지요.

제5장

가장 아름다운 말

°사이

봄이 특히 아름다운 이유는
겨울과 여름 사이에 있기 때문이다.

별이 특히 아름다운 이유는
밤과 하늘 사이에 있기 때문이다.

새벽이 특히 아름다운 이유는
어제와 오늘 사이에 있기 때문이다.

사랑이 특히 아름다운 이유는
너와 나 사이에 있기 때문이다.

너는 좋은 사람이라 더 아팠나 보다

시적 허용

내 평생 그려온 운율에
네가 딱 들어맞는 문장은 아니었지만
너는 언제나 나에게 시적 허용이었다.

사진

당신이 유난히 더 예뻐 보이는 날이 있어요.
그럴 때 나는 사진을 찍지 않고
얼굴을 빤히 바라보곤 합니다.

어떤 순간은 사진보다
추억 속에 더 선명히 남기 때문입니다.

사진 찍는 것을 유난히 좋아하던 당신이
언젠가 내게 물었어요.
왜 이럴 때 사진을 찍지 않느냐고.

나도 사진 찍는 것을 좋아하는 사람이지만
때로 정말 행복한 순간이나 멋진 광경 앞에서는
카메라를 꺼내지 않습니다.

너는 좋은 사람이라 더 아팠나 보다

그리고 그 순간을 온전히 느끼곤 했어요.
그건 내게 평생 지워지지 않을 사진을
가슴에 남기는 일이었지요.

남는 것은 사진밖에 없다고 하지만
남는 것은 사진 밖에도 있었습니다.

그대는

그대는 꽃을 닮은 것이 아닙니다.
꽃이 그대를 닮은 거지.

그대는 절대 나의 것이 아닙니다.
내가 그대의 것이지.

너는 좋은 사람이라 더 아팠나 보다

당신이 내 하루를 묻는다면

당신이 내 하루에 대해
묻는 문장들을 가져다
하늘에 수놓으면

내 삶은 당신으로 인해
온종일 밝을 겁니다.

져줌의 미학

해가 져야 내일이 온다.
꽃이 져야 눈이 온다.
널 가져야 행복이 온다.

우리, 가끔 져줄 줄도 알아야 한다.

너는 좋은 사람이라 더 아팠나 보다

바다로 흐르자

너의 삶은 강의 상류에서부터 시작된 것이 분명해.

너는 수많은 모래와 돌 사이를
투과해 나온 가장 맑은 물이야.

그렇지 않고서야
난 네 안에서 숨 쉴 수 없을 테니.

그러니까 나는 네가 뱉는 모든 날것을 사랑할게.
절대 내 마음대로 널 재단하지 않을게.

눈맞춤

내리는 눈을 보면
눈이 맞고 싶어지니까

너의 눈에 어떻게
눈맞춤을 하지 않을 수 있겠어.

새하얀 눈을 보면
발자국을 새기고 싶어지니까

새하얀 도화지를 보면
예쁜 그림을 그리고 싶어지니까

네 볼에 어떻게
입맞춤을 하지 않을 수 있겠어.

너는 좋은 사람이라 더 아팠나 보다

적도에서

우리 마음의 표면이 닿는 곳
그러니까 나는 네 적도에 위치해 있었다.

그곳은 온갖 감정의 교집합이었으며
사랑의 문장들이 착륙하는 좌표였다.

나는 너에게 직사광선을 받는 일이 잦았고
매일이 열대의 기후였으며
그토록 뜨거운 사랑을 하기에 적당했다.

네가 서 있는 곳이라면
지구도 자전을 멈추곤 했다.

우리만의 별자리

너와 함께 많은 밤을 새었고
너와 함께한 날은 셀 수가 없다.

내 인생의 자랑이자 사랑아.
매일 푸른 밤 파랑 사이의 노랑을 모아
우리만의 별자리를 새기자.

영원히 그 별자리에 너랑 나랑
꼬부랑 할머니, 할아버지가 될 때까지
힘겨운 인생일지라도 줄행랑 말고
벼랑 끝에서라도 함께하자.

부디 평생 아리랑 고개를 넘지 말아 주오.

너는 좋은 사람이라 더 아팠나 보다

°시집

그대가 나를 부르면
나는 사랑을 행하였고
그렇게 우리는 연을 맺었습니다.

그대는 내가 사는 곳을
시집으로 만들었으니

이제 오기만을 기다립니다.

붙여쓰기

널 사랑하고

모든 인어가 너로 번역되어 갈 때

띄어쓰기는 필요하지 않았지.

어서사랑한다고말하지않으면견딜수없을것같았거든.

너는 좋은 사람이라 더 아팠나 보다

한여름 이브

하늘이 땀에 다 젖으면
우리는 마주 앉아 바다색 추억을 만들어 가지.

바다가 좋을까 계곡이 좋을까.
호텔이 좋을까 펜션이 좋을까.
고민하는 너의 눈동자.

내가 도망가고 싶은 바다가
바로 거기 있었지.

설렘

시간이 콩깍지를 다 벗겨 낸 순간
진짜 사랑은 시작되었다.

간지러운 한 송이 설렘이 진 자리에
듬직한 믿음이 나무처럼 자라나
더 많은 설렘을 피워 냈으니

앞으로 우리의 눈동자에 담을 모든 순간을
설렘이라는 단어에 담는다.

당신에게 올인

더 많이 사랑하는 사람이
더 많이 져준다는 말이 맞습니다.

나도 당신을 사랑하는 만큼
더 많이 져주기로 했습니다.

이번 사랑에 저는 올인입니다.

당신이 꼭 이겨서
내 생애를 전부 가져가 주세요.

여름시

붉은 태양은 하늘의 것인데 왜 네 입술에 있어.

팔월 밤하늘 이리도 어두운데
별은 왜 모조리 가져다가 눈동자에 숨겨놨어.

종일 네 마음가에서 첨벙거려도
옷 젖는 줄 몰랐던 여름.

유난히 뜨거웠던 만큼
너로 익어버린 계절이야.

올가을에는 사랑이 제철이려나.

너는 좋은 사람이라 더 아팠나 보다

사랑한다는 것은

사랑한다는 것은

아득한 태양 아래
맨살을 태워 그늘을 만들어주는 것.

몸을 완전히 불살라 재가 되고도
남은 잿더미로 한참을 따뜻하게 데우는 것.

소낙비 내리면 한쪽 어깨쯤은 잔뜩 적시는 것.

하늘 뭇별 사이 공백에 달력 한 장 겹겹이 쌓이면
계절은 봄, 여름, 가을을 지나 겨울이 되겠지만

사랑은 늘 따뜻하고 어느 밤엔 잠시 뜨거운 것.
무더위로 겨울마저 삼키는 것.

애정가

동해물과 백두산이 마르고 닳아도
그대를 예찬하는 혓바닥은 마를 일 없고
그대 향해 달리는 발바닥도 닳을 일 없습니다.

높고 구름 없이 공활한 가을 하늘에
내 붉은 심장 하나 쏘아 올리면
삼천리 길엔 그 빛 따라
연분홍 사랑이 무궁히 필 테니

괴로우나 즐거우나 우리 함께라면
집 뒤뜰도 화려 강산이 아닐 수 없을 겁니다.

너는 좋은 사람이라 더 아팠나 보다

플레이리스트

오늘 하루는 어땠어?

너의 다정한 목소리가 건반을 두드리면
나는 네가 보낸 하루를
플레이리스트 속 음악처럼 듣곤 했어.

플레이리스트 속 가장 많이 반복한 노래처럼
이미 들었던 이야기라도 그저 좋았지.

내게 사랑은 그랬어.
내 귓가에 너의 하루를 재생하는 일.

바다

바다를 보고 있지 않아도
바다를 생각하면
푸른 미소가 지어져요.

그래요, 당신은 나의 바다예요.

그대 지금 나와 함께하지 못해도
당신의 존재는 늘 나와 함께 있어요.

파도같이 달려드는 현실에
깎여 나간 마음이 모래사장을 이루었을 때

당신은 다가와 예쁜 모래성을 지어줬고
나는 그보다 더 예쁜 미소를 지어줬어요.

너는 좋은 사람이라 더 아팠나 보다

사는 게 외로울 때면
작은 모래성 앞에서 한참 머무르며
모래를 쓰다듬던 손길을 생각해요.

바다를 한 번도 본 적 없는 연어도
평생 바다를 향해 헤엄치는데

바다보다 깊은 사랑을 보여준 당신을
내가 어찌 쫓지 않을 수 있겠어요.

당신은 나의 바다.
빈 조개껍데기 같은 삶에 품은
단 하나의 진주.

편지

편지를 써요.

먼저 당신의 이름을 불러야 하겠는데
더 다정하게 부를 단어를 찾다 보니
금세 밤이 내려앉아요.

속으로 수백 번 되뇌었던 말,
박하사탕을 입에 물고 옮겨 적어봐요.

글자와 글자 사이 공백마다
내 호흡과 따라 읽는 당신의 호흡이
맞춰질 테니까요.

너는 좋은 사람이라 더 아팠나 보다

이 편지를 받고 감동받은 당신이
나를 더 사랑해줬으면 좋겠는데

편지를 쓰는 내내
내가 당신을 더 사랑하게 돼서
그 바람은 이룰 수가 없겠어요.

어느덧 마지막 문장이에요.
답장 기다릴게요.

당신의 고운 손이 움직인 흔적을
마음에 문신처럼 새길게요.

도망가자

삶이 노을을 향해 갈 때쯤,
너와 나 머나먼 시골로 도망가자.

알람시계가 지저귀며 하늘을 날면
따뜻한 햇살과 창틈 새로 불어오는 초록색 바람이
하루를 다정하게 깨우고,
아침 커피 향이 집 안을 가득 메우는 곳.

창문 삐거덕거리는 소리,
뒤척이는 이불 소리,
풀벌레 우는 소리가 주파수의 전부인 곳.

잠이 오지 않는 날엔
잔디 위에 누워 서로의 팔을 베고,
양 대신 별을 하나 둘 세자.

너는 좋은 사람이라 더 아팠나 보다

쌀쌀해지면 셔츠를 벗어 함께 덮자.

모닥불을 피우고 타닥거리는 소리를 듣자.

타오르는 불을 보며

누가 더 멍을 잘 때리는지

내기라도 하자.

턱시도와 드레스를 입었던

가장 예뻤던 모습 간직한 채

백발의 너와 나,

이대로 손잡고 무덤까지 가자.

제6장

이별보다 아픈 그리움

그리운 까닭

내가 그리 운 까닭은
네가 그리운 탓이겠지.

이별의 흔적은
이 별에 흔적으로 남아.

이러면 아니 된다고.
아니, 된다고.
망설이던 나날들.

너를 잊고 싶어도
너와 있고 싶은걸.

너는 좋은 사람이라 더 아팠나 보다

수채화

내가 일평생 그려온 수묵화에
너는 짙은 분홍색을 칠했지.

네가 떠나갔을 때
색이 묻은 내 도화지가
그리도 보기 싫더라고.

왜 이제야 알았을까.

너는 나와 수채화를 그리고 싶었다는 것을.

백신

나의 첫 이별은 질병이었다.

처음 이별을 겪은 후
몸과 마음이 산산조각 나는 경험을 하고서
누군가와의 만남에 이별을 상상해보는 습관이 생겼다.

헤어지고 나서의 일상을 자주 생각하다 보면
언젠가는 마음에 항체가 생겨
또다시 찾아올 이별이 덜 아프지 않을까.

너무도 어리석었다.
준비한 이별은 두 배의 고통으로 찾아왔다.

너는 좋은 사람이라 더 아팠나 보다

더 마음을 주지 않았고
최선을 다하지 않았다는 후회와 함께
놓쳐서는 안 될 사람을 놓쳐버렸다.

이별보다 훨씬 더 고통스러운 것은
최선을 다하지 않았던 내 모습에 대한 후회였다.

이별에는 백신이 없더라.

향수

그날의 향수를 향수병에 넣어두고
그대 생각이 날 때마다 뿌리곤 해요.

때 묻은 편지지에 뿌리니
우리가 부르기에 존재했던
둘만의 이름이 나를 반겨요.

낡은 벤치에 뿌리니
그대가 나를 보고 있어요.
난 이제서야 눈을 마주치네요.

너는 좋은 사람이라 더 아팠나 보다

꽃은 같은 자리에 피고 지는데
어쩌다 우리는 붉은 태양 따라 피어
황혼으로 저물었을까요.

지난 향수가 생각보다 짙어요.
그대 잘 지내나요.

너의 흔적을 사랑하는 것

더 이상 너를 사랑할 수 없기에
나는 나를 사랑하기로 했다.

이제 떠나버린 너를 사랑할 수 있는 유일한 방법
내 안에 남아 있는 너의 흔적을 사랑하는 것.

그때 그 시절 너를 이해하기 위해
오롯이 네가 되기 위해
나는 나를 뜨겁게 사랑해보기로 했다.

너는 좋은 사람이라 더 아팠나 보다

낙뢰

넌 내게서 벼락같이 떠났고
나는 뒤늦게 천둥처럼 울었다.

건조해진 마음에 네 생각이 닿을 때마다
정전기가 일어 따끔거렸으니
매일 밤 눈물로 마음을 적셔야 했다.

이별은 추억이 되어

시선의 끝에 별이 묻어
별자리기 그려지듯

기억의 끝에 네가 묻어
빈자리가 그려진다.

왜 그래야만 했어,
그 한 마디 묻지 못해서
밤마다 가슴에 묻어 두고

가장 추운 기억의 가장자리에 별을 하나 놓고서
이별을 제멋대로 추억이라 부른다.

너는 좋은 사람이라 더 아팠나 보다

우물

네 얼굴에 예쁜 꽃을 피우고 싶어서
샘솟는 마음을 다 길어다 주었다.

내가 말라가는 줄도 모르고.

쌍시옷

보고 싶어.

매일 보자던 사랑의 문장이
한 번만 이루고픈 염원이 되었고

너와 시간을 갖고 싶어.

잠깐 보자던 수줍은 설렘이
이젠 잠깐 보지 말자고 한다.

모든 날은 과거가 되어
우리의 사랑에는 쌍시옷이 붙었다.

너는 좋은 사람이라 더 아팠나 보다

과거 완료

우리 이제 그만하자.

네 고운 목소리가
심장을 홍해처럼 가른다.

뾰족한 문장이
혈관을 구석구석 찢어발겨 놓는다.

눈가엔 검은 파도가 일렁이고
해바라기가 고개를 숙인다.

나는 너의 과거로 완료되었다.

불완전 동사

쉼표의 꼬리가 너무 길어졌어.

다시 돌아가려는 순간
너는 내게 마침표를 찍었고

태양이 사라진 지구에서
나의 시는 주어를 잃고 동사했다.

너는 좋은 사람이라 더 아팠나 보다

봄봄여름가을겨울

당신의 날카로운 말이
나를 찢고 꿰매고 같은 자리를 또 찢어도

당신의 차가운 표정이
내가 애써 피운 모든 푸른 것을 지게 하여도

봄이 오면 찢긴 자리에는 항상 새살이 돋았고
추웠던 자리에는 항상 꽃이 피었어요.

그러니 나는 추워도 봄을 기다릴게요.

다만 봄은 그 이름처럼 짧은 계절이라서
혹여 살랑이는 바람에도 날아가 버릴까
마음대로 부르지 못함이 아쉽습니다.

지는 장미의 독백

하늘이 먹구름으로 우거진다.
장엄했던 나의 숲이 스러져 간다.

날 쫓던 나비 떼도 하나둘 떠나간다.
모든 피는 것의 숙명이 새싹처럼 움튼다.

비록 이 몸은 바스락 사라진대도
나를 걸고 맹세한 수많은 언약 속에
내 일생 머금은 붉은 햇빛을
영원토록 피우리라.

너는 좋은 사람이라 더 아팠나 보다

°한아름

한아름 꽃 사이
한 아름다운 꽃.

계절을 속이려다
봄을 놓친 채

사계절 동안
한여름을 살게 했던

참 아름답던
한 이름.

가을이 왔어

떨어진 우리 온도가
다시 오르지 않았던 날이 기억나.

나는 아직 겨울로 넘어가는 계단에 서서
하염없이 울고만 있어.

늦장마처럼 찾아온 권태라는 단어가
눈가를 습하게 만들어도
식어가는 네 열기에 한동안 따뜻했으니

너 마지막 순간까지도
나를 잔불로 지피고 있었구나.

너는 좋은 사람이라 더 아팠나 보다

단풍처럼 서로 물들자던 약속은
기억 속으로 저물어도

다시금 따뜻한 추억으로
아물어버리는 그 계절.

낯선 상처마저
서투르지 않게 꿰매는
성숙한 계절.

연역적 이별

너의 눈빛이 달라졌다.
너의 말투가 달라졌다.
내가 뭘 하든지 꼬투리를 잡으려 했다.

그렇게 너는 우리가
정당하게 헤어져야 할 이유를 찾고 있었다.

착한 이별을 하고 싶었나 보다.
나는 다 알면서도 놓을 수 없었다.

내겐 너무 잔인한 일이었다.
이미 이별을 결정해 놓고
그다음에 이유를 찾았다는 것은.

너는 좋은 사람이라 더 아팠나 보다

님

나를 버리고 가시는 님아
십 리도 못가서 발병 나는 건
왜 그대 아닌 나의 몫인가요.

°질 때

널 가질 때 사랑을 알았고
헤어질 때 사랑을 앓았다.

꽃이 질 때의 슬픔,
노을 질 때의 애틋함,
낙엽 질 때의 외로움.

모두 네가 그리워질 때였다.

낙엽

올해 찾아올 낙엽에는
물을 줘야겠어요.

겨울이 내리면 잠깐만,
아주 잠깐만 얼어 있다가
바스락 사라지지 않고
내 곁에 있을 수 있게.

벚꽃이 진 자리에 봄이 필 때까지만
딱 그동안만 외롭지 않도록.

추리소설

추리소설 같은 사랑이었다.

너는 항상 내게서 도망쳤고
나는 사랑의 단서를 찾아야 했으니.

너는 좋은 사람이라 더 아팠나 보다

걸음걸이

우리가 걸은 거리만큼
우리의 걸음걸이는 달라졌다.

지난날 우리가 그린 그림에는
그을린 그리움밖에 남아 있지 않지만

그리도 그리운 마음일까.
또 그리로 간다.
그 거리로 간다.

그리고 혼자
미완성의 그림을 그린다.

한 평의 추억

당신은 내 마음에 집 한 채 짓고 떠났어요.
난 아직 그 집만 고집한 채 눈물짓고 살아요.

당신은 알까요.
빈 마음에 무엇도 채우지 못한 채
한 평의 추억 속에 한평생 머물렀음을.

너는 좋은 사람이라 더 아팠나 보다

글이 운 까닭

글이 써지지 않는 것을 보니
너를 조금은 잊었나 보다.

내가 그리 운 까닭은
네가 그리운 탓이었으나

내 글이 운 까닭은
널 그리지 않기 위함이었으니.

관계의 정리

정성 들여 쓴 글씨일수록 지우기 힘들 듯
정성 들여 쌓은 관계일수록 정리하기 힘들다.

지금껏 쏟아부은 시간과 노력이 아까워
상처받으면서도 정리하지 못하는 관계.

이제는 누군가에게 이 정도의 노력을
쏟아붓지 못할 것 같다는 생각 탓에
익숙한 아픔을 선택한다.

관계의 유지를 위해 포기했던
또 다른 관계들.

그 사람이 아니면 내 곁에
아무도 없을 것 같다는 불안함.

너는 좋은 사람이라 더 아팠나 보다

혼자만 덩그러니 남겨질 것 같다는 두려움.

언젠가 그 관계가 정리되고 나서야 알게 된다.

달이 가장 밝아 보였을 뿐,
수만 개의 별들은 언제나
나의 밤을 기다리고 있었다는 것을.

제7장

힘들 땐 그냥 울어도 돼

휴대폰

휴대폰을 내려놓는 순간
다시 마음이 저려올 오늘 밤.

사실 우리가 놓지 못하는 건
휴대폰이 아니라 외로운 마음이겠지.

어둠 속을 밝힐
작은 빛이라도 필요했겠지.

도망칠 곳이 필요했겠지.
나 대신 울려줄 무언가가 필요했겠지.

너를 붙잡을 수 없었기에
대신 붙잡을 무언가가 필요했겠지.

괜찮은 척

괜찮은 척 이 정도쯤은 아무것도 아닌 척
언제까지 숨기려고 하셨어요.

괜찮다고 고생했다고 안아주면
금방 터뜨릴 눈물 가득 안고 있으면서.

짐

정말 힘든 사람의 마음엔
위로의 말이 들어갈 공간이 없다.

그러니 먼저 이야기를 들어줌으로써
마음의 짐을 들어줘야 한다.

그리고 빈 공간에 위로의 말을 놓고 오자.

머물 공간이 생긴
작은 다락방 같은 마음에
오래도록 온기로 남을
따스한 햇살이 되어줄 수 있도록.

너는 좋은 사람이라 더 아팠나 보다

휴지통

삭제된 기억이 사라지지 않고
휴지통에 남아 있었나 봐요.

이따금씩 알고리즘이 고장 날 때면
아픔은 실시간으로 재생돼요.

지나가 버린 시간이지만
지나기만 하고 결국
버리지는 못했나 봐요.

그런 날

그런 날이 있어.

물 한 잔 마시러 몸을 일으키기에도 벅찬 날.

가장 편한 자세로 누워도 편하지 않은 날.

주위를 에워싸는 적막함이 싫어 노래를 틀어보지만
1분도 지나지 않아 다음 곡으로 넘겨버리고,
결국엔 어떤 노래도 적막함을 채워주지 못하는 날.

생각하지 않는데 생각나고
쉬고 있는데 쉬고 싶은 날.

누군가의 위로가 절실하지만 듣기 싫은 날.

너는 좋은 사람이라 더 아팠나 보다

분명 울고 있는데 눈물이 흐르지 않는 날.

오늘도 오지 않는 잠을
밤새 쫓다 지쳐버렸어.

손에 쥔 네모난 불빛만이
내 모난 모습을 알아주는 밤이야.

우산

우산을 왜 이렇게 내려 썼어.

얼굴이 보이지 않잖아,
고개 좀 들어봐.

너 뭘 그렇게 참았어,
어쩌다가 그랬어.

네 어깨가 언제부터 이렇게 차가웠어.

하루 종일 젖어 있어서
비가 와도 젖는 줄도 모르고 있잖아.

너는 좋은 사람이라 더 아팠나 보다

너의 방식을 알아.

아프다고 티 내지 않는 게

많이 아프다고 티 내는 것이란 걸 난 알아.

어차피 우산으로도 가릴 수 없는 눈물이라면

차라리 비에게 가자.

그냥 더 젖어버리자.

우는 얼굴이 비의 탓이 되도록.

°기우제

마음껏 울지 못한 채
눈물을 머금은 흐린 하늘아.

오늘 일기예보에는 비가 없다 하여
그 슬픈 눈물을 참고 있는 거니.

한 방울 두 방울 새는 빗방울을 보니
너 많이 힘들었겠다.
잘 버티었다.

그런 네 마음도 모르고
난 우산을 챙겼구나.

너는 좋은 사람이라 더 아팠나 보다

○ 달

살아간다는 것은
마음이라는 달에 흔적을 새기는 일.

그리우면 그리운 대로 슬프면 슬픈 대로
매일 암스트롱이 되는 일.

춥고 어두운 표면 위에 끝없이 펼쳐진 분화구들은
불 한번 뿜지 못하고 숨죽여 있는데
오늘도 하얗고 밝은 빛만을 비추는 걸 보니

하고 싶은 말들과 울컥했던 순간들을 삼키고
초승달처럼 웃어 보였던 내 하루와 닮았습니다.

폭설

걱정이 폭설처럼 내리고
어깨엔 근심이 눈처럼 쌓여가는 밤일 테죠.

다른 사람 눈치 보느라
내 작은 어깨에 쌓인 눈은 치운 적 없었겠죠.
난 강하니까 운 적도 없었겠죠.

눈이 녹으면 물이 된대요.
눈에서 물이 흐르는 건
그만큼 많이 쌓여 있던 거래요.

오늘 밤엔 아무도 없는 이불 안에서
어깨에 쌓인 눈을 녹이며
어른이라는 이름을 잠시 내려놓기로 해요.

너는 좋은 사람이라 더 아팠나 보다

밤의 방

불 꺼진 천장을 바라보며
가만스레 기억을 잇다가

누구도 부르지 못한 채
상처만 부르트는 밤.

혼자 있는 외로운 방에서
외로움을 혼자 잊는 밤.

감정적인 사람

감정의 바다에 빠져들어 일도 공부도
손에 잡히지 않을 때가 있어요.

그럴 때면 공과 사가 확실하고 맺고 끊음이 확실한
이성적인 인간이 되고 싶다는 생각을 해요.

자신의 마음과 더불어
타인의 마음까지 잘 알아차리는 사람들은
감정의 파도에 쉽게 휩쓸려서
마음이 곧잘 울렁거려요.

감정의 파도에 쉴 새 없이 울렁이는
내가 버거워질 땐 이렇게 생각해보기로 해요.

너는 좋은 사람이라 더 아팠나 보다

'나의 작은 마음까지도 섬세하게 알아채고
나와 끊임없이 소통하며 아픈 곳을 찾아
치료하려는 중이야.'

상처와 아픔은 덮어놓는다고
자연히 치유되지 않아요.
좋든 싫든 언젠가는 마주해야 할 시기가 와요.

내 감정을 마주하는 건
건강한 나를 위해 절대적으로 필요한 일이에요.
마주해야 소통하고 치료할 수 있는 것이니까요.

그러니 자기 자신과 정면으로 마주할 수 있는
가장 가까운 사이가 될 수 있다는 건
감정적인 사람만이 누릴 수 있는 축복이에요.

뜨거웠던 계절

당신의 뜨거웠던 계절은 어땠을까.
더울지는 몰라도 더 울지는 말자고 다짐했었는데
왈칵 눈물을 쏟아버리지는 않았을까.

평소보다 지치고 무기력하지는 않았을까.
밤마다 뒤척이지는 않았을까.

힘들면 쉬어가자고 다짐했었는데
막상 쉬어갈 수 없는 현실 탓에
힘이 다 빠져버리지는 않았을까.

그럴듯한 사건이 있어야만
너 힘들었구나, 알아줄 것 같아서
엄살 한번 부리지 않고 성숙하게 버텨 냈으려나.

너는 좋은 사람이라 더 아팠나 보다

혹시 당신도 나와 같았을까.

그거 하나면 나는 괜찮은데.

나만 빼고 다 잘사는 것 같을 때,

나와 같은 당신이 있다면

나 힘들어도 견뎌 낼 수 있는데.

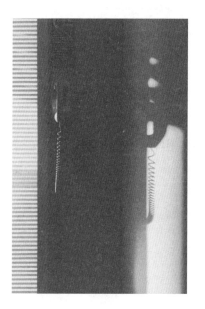

제8장

네가 있어 다행이야

유성 같은 사람

내가 어두울 때, 혼자 있고 싶을 때
주변을 기웃거리던 사람이 있었어요.

내 잘못이 아니라고.
우연히 내게 일어난 일일 뿐이라고.

내 마음속에 유성처럼 찾아와
나를 밝혀주던 사람이 있어요.

어둠 속에 숨어있던 나를
들춰내는 빛이 처음엔 싫었지만
시간이 지난 후에 알게 되었어요.

밤하늘에 빛나는 별들은 많아도
별똥별을 보는 건 쉬운 일이 아니었다는 것을.

너는 좋은 사람이라 더 아팠나 보다

보랏빛으로 물드는 밤

파랑색 우울을 가득 안고 살던 내게
붉은 온기로 따뜻하게 다가왔던 너.

검정색인줄 알았던 나의 밤은
오늘도 보랏빛으로 물들어간다.

침대에게

침대야 고마워.
오늘도 변함없이 날 안아줘서.

내가 무슨 일 있었는지
먼저 이야기하지 않아도

베개가 젖을 것 같으면
이불로 살며시 덮어주는 너라서.

너는 좋은 사람이라 더 아팠나 보다

흑백프린트

흑백프린트기처럼

똑같은 하루를 복사하고 있던 내게

당신은 다가와 나를 스캔하고

내 일상을 다채롭게 색칠했어요.

○ 전구

유난히 깜깜한 밤이면
너는 조용히 다가와
내 마음에 불을 켜곤 했다.

내가 힘든 일이 있는 날,
나는 말하지 않았지만
너는 내 표정을 보고 알 수 있댔지.

네가 나의 깜깜한 마음에 스위치를 켠 순간
우리 대화는 전류처럼 통했고
그렇게 너는 나를 충전했어.

그러다 밤이 늦으면
내 머리칼을 가야금처럼
쓰다듬으며 해주던 말이 기억나.

너는 좋은 사람이라 더 아팠나 보다

오늘 하루도 수고했어,
억지로 밝아지려고 노력하지 않아도 돼.

너는 빛을 내는 사람이 아니라
빛이 나는 사람이야.

네가 비추는 빛을 따라가다 보면
항상 아름다운 것들이 있던걸.

어머니

내게 반짝이는 별을 보여준 그대.
별을 본 순간 비로소 깨달았어요.
나를 위해 당신을 다 꺼뜨렸음을.

너는 좋은 사람이라 더 아팠나 보다

°아버지

나의 산타 아저씨.

내가 당신에게 바라는 게 많아질수록
당신의 턱수염은 하얗게 바랬어요.

트리 가장 높은 곳에 나의 꿈을 달아주던 그대.
점점 작아지는 키를 보고도 세월 탓만 했지
왜 닳아버린 신발 밑창 한 번을 못 봤을까요.

엄마의 일기장

광활한 흑백의 활자 속
혹여나 길을 잃을까
심장색 밑줄로 길을 내고
너만 빛나라며 형광을 칠했다.

엄마의 일기장에
내 이름은 그렇게 적혔다.

너는 좋은 사람이라 더 아팠나 보다

생일 케이크

매년 그 마음에 무심히도 초를 꽂았습니다.

마른 가지 같은 손과 발에 불을 질러
촛불 같은 미소로 나를 비추고는

평생 빛나던 당신의 꿈을
내 바람으로 꺼버리는 동안

당신의 꿈은 내가 되어갔다는 것을
이제야 깨달았습니다.

제9장

따로 넘어져도 같이 일어나기를

별일

많이 힘들었겠다.
항상 밝아 보여서 네게 그런 일이 있었는지 몰랐어.

그 아픔 속에서도 마음의 대부분을 가린 채
초승달처럼 웃어 보였던 거구나.

별일 아니라고 하지만
오늘은 내가 별이 될 테니
너의 일이 나의 일인 듯 하자.

아무에게나 터놓을 수 없어서
아무에게도 터놓지 못한 마음일 테니
아무 말이 없을 땐 그냥 조용히 안아줄게.

너는 좋은 사람이라 더 아팠나 보다

집에 가자

그만하면 되었다.
이제 집에 가자.

온종일 이 사람 저 사람
눈치 보느라 힘들었지.

비를 내려도 돼.
너의 창에 안개가 서리면
커튼을 닫아줄게.

나도 함께 흐린 시야로
불투명해질게.

흑백영화

안녕. 이곳은 무채의 공간이야.
빨강도 파랑이 될 수 있는 곳이야.

세상의 소리는 모두 잡음인 공간이야.
주파수를 뛰어넘은 곳이야.

그러니 네가 무엇이든 괜찮아.
세상의 소리도 너를 방해할 수 없을 거야.

너의 색을 마음껏 칠해줘.
있는 그대로 널 상영해도 좋아.
네가 저화질의 단편영화라도 사랑해.

너는 좋은 사람이라 더 아팠나 보다

진정한 위로

진정한 위로란
상대방의 한숨을 번역하는 것.

작은따옴표 안에 간직했던 말을
큰따옴표에 옮겨주는 것.

눈물을 다그치지 않고
다 그치게 하는 것.

방법을 알려주는 것이 아니라
마음을 알아주는 것.

의사가 되어주는 것이 아니라
같은 환자가 되어주는 것.

112

오늘 하루는 어땠어?

언제든 전화해.
24시간 대기하고 있을게.

네가 재잘거리면 심해보다 낮은 목소리로 대답할게.
네 목소리만 떠오르게 할게.

일일이 설명하지 않아도 돼.
네 마음 샅샅이 수색하고
슬픈 감정은 내가 다 체포할게.

걱정하지 말고 먼저 자도 괜찮아.
자는 동안에도 너를 떠올리며 경호할게.
나쁜 꿈이 들어올 틈 없도록.

너는 좋은 사람이라 더 아팠나 보다

쉴 곳이 되어줄게

숨을 곳을 찾고 있을 때
쉴 곳을 찾고 있을 때

숨을 쉴 곳이 되어줄게.
목이 쉴 때까지 울어도 돼.

뜨겁게 안아줄게,
더 울 때까지.

항상 여기 있을게,
다 울 때까지.

네가 다시 너다울 때까지.

절대음감

전화기 넘어 들리는 목소리의 톤만으로도
그 하루를 짐작할 수 있었으니
사랑하면 누구나 절대음감이 되나 보다.

"오늘은 어땠어?"

질문에 대답하는
네 목소리만 들어도 알 수 있었다.
오늘 꽤 힘든 하루를 보냈다는 것을.

"그냥 뭐 맨날 똑같지."

네가 보낸 힘겨운 하루를
정리해서 말할 여유가
없을 정도로 바빴겠구나.

너는 좋은 사람이라 더 아팠나 보다

무엇이 힘들었다고 딱 꼽아서
이야기하기 힘든 하루였겠지.

그럴 땐 나에게 너의 하루를
복잡하게 설명하지 않아도 돼.
나는 이제 네 목소리만 들어도
대충 알 수 있거든.

집에 들어가서
맛있는 밥 먹고 천천히 연락해.

네가 언젠가 힘들었던 일을 꺼내는 순간에
나는 기다렸다는 듯이 지난날을 한꺼번에 안아줄게.

당신의 한숨

눈가에서 파도치다
차마 방파제를 넘지 못한
슬픈 당신의 바다를

목끝에서 턱걸이하다
차마 벽을 오르지 못한
슬픈 당신의 연주를

더는 숨기지 마요.
당신의 한숨은 나의 들숨이 될 테니.
곧 우리들의 숨이 될 테니.

너는 좋은 사람이라 더 아팠나 보다

나비와 벌

세상은 그대에게
나비처럼 날아와 벌처럼 쏘겠지만

나는 그대에게
벌처럼 날아가 나비처럼 안아줄게요.

가사 없는 노래

네가 속상한 마음을 드러내면
나는 말 없이 들어줄게.

마음에 쏙 들지 않는 하루를 보내면
네 마음속에 들어가 짐을 들어줄게.

많은 사람들 속에 뒤섞여 힘들었던 하루 끝,
우리들에서 벗어나 우리 둘만 남겨지면
나는 언제나 가사 없는 노래가 될게.

하루 끝 속삭일 너의 하루는
나라는 노래를 유영하는 가사가 되어
우리라는 음악으로 완성될거야.

너는 좋은 사람이라 더 아팠나 보다

술잔

내일을 마주하는 것이 힘들 땐
아직 지나지 않은 오늘 밤으로
도망가는 건 어때.

어제를 안주 삼아
울컥했던 순간들이 담긴
마음의 병을 비워 내자.

네가 고민과 걱정 한 잔씩 따라 내면
내가 부딪히는 술잔처럼 뜨겁게 안아줄게.

코인노래방

기계가 삼킨 동전만큼 삼켜왔을 눈물.
늘어난 시간만큼 외로웠을 시간.

빨라지는 삶의 박자에 마음은 쉬지 못해
목만 쉬어가고 음이탈은 잦아졌지.

너도 오늘은 나와 같은 마음이지.
동전이 다 떨어지면 노래 대신 나를 불러도 좋아.
에코처럼 나를 몇 번이고 울려도 좋아.

너는 좋은 사람이라 더 아팠나 보다

약속, 도장, 싸인, 복사

약 속에는 병을 낫게 하는 힘이 있어요.

그러니 약속해요.

마음에 병이 생기면,
마주 건 새끼손가락처럼 서로 안아주기로.
엄지손가락으로 오갈 수 있는 다리를 놓기로.
손바닥에 서로의 이름을 새기고 잊지 않기로.
힘든 순간이 오면 손잡고 아픔을 복사하기로.

나비야

나비야, 나비야.

이리 날아오지 않아도 돼.

오늘은 내가 너에게 갈게.

노랑나비든 흰나비든

어떤 모습도 어떤 색깔도 괜찮아.

춤을 추지 않아도 돼.

오늘은 내가 너를 위해 노래할게.

민들레 홀씨

비로소 내가 바람에 다 날리면
네 바람이 이루어진대.

어디에나 흔히 피어서
잡초라 불리우던 내가
흔치 않은 네 미소로 피어날 수 있대.

불가사리

빛이 들지 않는 곳을 비춰보니
네가 매일 밤 서럽게 울고 있었어.

그 슬픔 속에는 무엇이 있니
네 심해에 잠겨 나도 같이 울면 안 될까.
널 쫓는 포식자에게 같이 쫓기면 안 될까.

너라는 바다에 빠져 빛을 잃어도
네게 가장 붉게 기억될 수 있다면
밤하늘 별 대신 네 발치의 불가사리가 될게.

너는 좋은 사람이라 더 아팠나 보다

○
물꽃

오늘 밤은 아물지 않은 것들로 왈칵 채워보자.
성숙함을 벗고 세상의 기준에서 탈락하자.
감정을 수식하지 말고 날것의 외로움을 느끼자.
실타래가 꼬이면 그냥 더 엉켜버리자.

우리, 끊어진 탯줄보다는
더 질기게 살고 있잖아.

불꽃을 피워 낸다고 버석하게 마르지만 말고
꺼질 일 없는 물꽃을 피워 내도 괜찮잖아.

꽃은 무엇으로 피어나든
그 자체로 아름다운 거니까.

◦ 시작과 끝

세상은 네게 본론부터 이야기하라고
그래서 결론은 무엇이냐고 묻겠지만

나만은 너의 서론부터 궁금해할 거야.
너의 모든 시작과 끝을 함께할게.

힘들다고 말해줄래요

'그땐 참 힘들었지.'

당신의 힘든 순간은 항상 과거형이에요.
매 순간 진심이어서 아픔에도 진심을 다했을 당신.

초점 잃은 눈으로 덤덤하게 말하기까지
까만 눈동자 같은 밤이 얼마나 흔들렸을까요.

앞으로는 지금 힘들다고 말하기로 해요.
미래에 털어놓을 과거에 내가 있어줄게요.

그리도 안기고 싶었을 누군가의 품이 되어
당신의 시간과 함께 눈물샘으로 흘러갈게요.

비는 비우(雨)라 한다

텅 빈 마음 탓에 자꾸 무엇인가 채우려 했지만
내리는 비는 비우(雨)라 한다.

비가 오는 날이면 마음은 습기를 머금고
물풍선처럼 부풀어 오른다.

작은 스크래치에도 툭 하고 터져버리니
애써 참아왔던 것들이 죄다 쏟아져버리곤 한다.

부풀어 있는 마음,
가끔은 그렇게 쏟아 내고 비워 내자.

평소에 용기 내지 못했던 것들을 용기 내게 하니까.
평소에 결정하지 못했던 것들을 결정하게 하니까.

너는 좋은 사람이라 더 아팠나 보다

내일의 일기

내일의 일기를 오늘 적어보기로 해요.
분명 좋은 일이 생길 거라고.

일기예보가 가끔 틀리기는 해도
얼추 비슷하게 흘러가니까요.

네가 무음으로 서럽게 울고 있었어.

너라서 일어난 일이 아닌데,

너에게 일어난 일인 건데.

너는 최선을 다했지만,

결과가 최선이 아니었던 건데.

네 잘못이 아닌데

너 자신을 탓하며 아파하고 있었어.

이리 와, 많이 힘들었지.

너도 더 잘하고 싶었지.

아무도 몰래 견뎌온 날들이
오늘보다 더 아팠지.

네가 힘들 때 숱하게 검색했던 노래가 되어
뒤에서 안아줄게.

가장 못난 표정으로 펑펑 울자.

최선

떨렸던 가슴과 떨렸던 다리,
숱하게 물어뜯은 손톱과 입술,
간절히 모았던 작은 두 손과 마음.

미래를 걸었기에 열심히 걸었을 테고
미래가 달렸기에 열심히 달렸을 테지.

혹여 상상했던 결과가 아닌
아쉬운 결과가 나와 속상할까.

뜨거웠던 만큼
마음에 화상이 번지진 않았을까.

너는 좋은 사람이라 더 아팠나 보다

결과와 상관없이 정말 고생 많았어.

최선의 환경은 아니었을 텐데

그래도 너는 최선을 다했잖아.

많이 속상하겠지만 나랑 너는 알잖아.

우리는 결국 이겨 낼 거고 이뤄 낼 거라는 거.

가장 약해졌을 때 가장 강해진다는 거.

한계

차라리 이대로 쓰러져버리고 싶은데.
그럼 누군가 너 정말 힘들었구나 하고
알아줄 것 같은데.

삶은 야속하게도
딱 견딜 만큼 힘들어서
매일 한계치를 살아가게 합니다.

그렇기에 그만큼을 버텨 내는 당신은
참 대단한 사람인 거예요.

웃는 가면 벗고
땀에 젖은 오늘을 씻어 내요.

너는 좋은 사람이라 더 아팠나 보다

오늘 하루를 돌려보고
가장 예쁜 장면을 찾아
세 번만 다시 보기로 해요.

오늘도 고생 많았어요,
고생했다는 말보다 더.

너였기 때문에

네가 너였기 때문에
지금까지 버텨올 수 있었던 거야.

다른 사람이었다면 분명
너처럼 살아오지 못했을 거야.

항상 잘 해왔으니까,
주위의 기대에 누구에게도 기대지 못하고
나만은 무너지면 안 되는 줄 알고 살아왔지.
그렇게 모두가 원하는 방향으로 달려만 왔지.

긍정적인 성격은 가끔 누구보다
자신을 아프게 하기도 해.

너는 좋은 사람이라 더 아팠나 보다

힘겨운 상황에서조차 아등바등
혼자 버티고 있는 자신을 알아채는 순간
하염없이 눈물이 흐를 때도 있어.

하지만 오늘 넘어져도
내일 다시 일어나 살아갈 수 있는 이유는
바로 그 긍정 덕분이었지.

매일 다짐했으니까.
오늘의 나는 어제의 나보다 나을 거라고.
내일은 더 멋진 내가 되리라고.
꼭 성공하리라고.

너도 나와 같은 마음이라면
지금껏 해왔던 것처럼 하자.

또 넘어져도 또 일어나자.
너는 절대 틀리지 않았고
너는 절대 약하지 않아.

너는 충분히 했어.
여기까지 온 것도 정말 대단해.
그동안 티 내지 않고 씩씩하게 버텨줬구나.

네가 너이기 때문에
오로지 그 이유 하나로
지금껏 버티며 살아올 수 있었던 거라고,
앞으로도 잘 살아갈 수 있으리라고 믿어.

너는 좋은 사람이라 더 아팠나 보다

내가 나고 네가 너인 이상
우리는 앞으로도 멋지게 살아갈 거야.

나를 믿는 만큼 너를 믿을게.

서로 다른 곳에서 넘어져도
같이 일어나자.

너는 좋은 사람이라 더 아팠나 보다

초판 1쇄 발행 2022년 10월 31일
초판 5쇄 발행 2024년 10월 28일

지은이 맺음(이도훈)
펴낸이 이부연
책임편집 윤다희
마케팅 백운호
디자인 데시그

펴낸곳 (주)스몰빅미디어
출판등록 제300-2015-157호(2015년 10월 19일)
주소 서울시 종로구 내수동 새문안로3길 30, 세종로대우빌딩 916호
전화번호 02-722-2260
인쇄·제본 갑우문화사
용지 신광지류유통

ISBN 979-11-91731-31-6 (03810)

한국어출판권 ⓒ (주)스몰빅미디어, 2022